KB274950

대니얼 클로즈   박중서 옮김

GHOST WORLD

고스트 월드

세미콜론

G

GHOST WORLD

ABSOLUTELY NORMAL
ANY MOONS
NOTHING·AT·ALL
GAG
ENCYCLOPEDIA of UNUSUAL SEX PRACT
CRAZY WILD
SAGE
THE VERY THING THAT HAPPENS
2000 INSULTS
OEDIPUS REX
USED
THE WORLD OF HENRY ORIENT
France Gall · Volume 2
AGNES MOUTHWASH

SCOOBY DOO

for
Erika

에리카를
위하여

목차

1 **Sonic Youth** 미국의 대표적인 언더그라운드 밴드. 전위적이고 실험적인 사운드로 유명하다.
2 미국 TV 드라마 「The Addams Family」에 등장하는 괴기스러운 가족. 만화가 원작이며 우리나라에는 영화 「아담스 패밀리」로 알려졌다.
3 미국 TV 드라마 「The Waltons」에 등장하는 평범한 가족.

여러분도 파일 캐비닛 속에 들어가 살아보세요. 저처럼 아담해질걸요!
또라이냐고요? 아뇨, 오히려 아이디어맨이죠…. 헤헤. 덕분에 집세가 얼마나 절약된다고요!
세상에, 정말 바본가 봐!
하 하 하 하 하

여러분, 조이 맥컵에게 박수 부탁드립니다! 지금까지 조이 맥컵이었습니다!
'조이 맥컵'이라. 새로운 우상이군.
저 사람하고 하면 어떨까?
짝 짝 짝 짝 짝

어떻긴! 저번에 너한테 치근대던 놈하고 똑같겠지. 왜, 꼭 무슨 40년대 구닥다리처럼 입고 다니던 말라깽이….
시끄러!

넌 꼭 그렇게 졸라 맹하고, 후까시 잡는 놈들하고만 사귀더라? 왜, 래리인가… 그 호모 같은 자식도 졸라 유치하지 않아? 옷차림은 꼭 20년대 게이 테니스 선수 같아!

지랄하네! 그래도 난 너처럼 존 엘리스랑은 안 할 거니까!
우웩! 그 자식 말도 하지 마!

…아, 그나저나, 내가 어제 그 일 얘기한다는 걸 깜빡했네.
TV LOWDOWN

식당에, 그… 엔젤스에 앉아 있는데, 존 엘리스랑 어떤 멀쩡해 보이는 나이 든 남자가 들어오더라고….

1 Enid Coleslaw. 콜슬로는 '양배추 샐러드'라는 뜻인데, 사실 이 이름은 저자인 대니얼 클로즈의 철자를 바꿔 만든 것이다.
2 코언(Cohen)은 전형적인 유대인 이름이다.

1 Doppelganger 자신과 똑같은 모습을 한 환영을 가리키는 말로, 흔히 죽음의 전조로 여겨진다.
2 WASP 백인, 앵글로색슨, 프로테스탄트를 의미하며, 미국의 지배적인 특권층을 일컫는 말이다.

어제 존하고 있는데 그 사람들이 들어오더라고. 근데 그 자식한텐 얘기 안 했어. 얘기하면 또 뭐라고 빈정거릴 것도 같고…. 그 자식은 꼭 남이 뭔 얘기 하나 해주면 아예 거기 푹 빠져가지고는, 꼭 그걸 자기가 만들어낸 것처럼 굴잖아. 졸라 짜증 나….

그 자식이 내는 멍청한 잡지만 해도, 지가 직접 찾아낸 내용이 뭐 있어? 다 남들한테 들은 얘기만 그대로 갖다 싣는 거지!
근데 그 사람들이 사탄숭배자인지 아닌지 어떻게 알아?
…인테리어 거울로 여러분의 방을 두 배나 넓어보이게 하는 효과…

아니야, 틀림없어….
니가 그걸 직접 봤어야 되는데…. 진짜 죽이더라니까!
BREAKFAST

난 모른 척 앉아 있다가 존하고, 애들 좋아하는 그 치한이 간 다음에 책에 사탄숭배자들 얼굴을 그렸어. 지금 집에 있는데… 진짜 똑같아!
THE VERY THING THAT HAPPEN

아, 게다가… 식당에서 나갈 때는 둘 다 우산을 쓰더라니까? 햇빛을 막으려고! 그래서 그런가? 피부도 완전히 허여멀겋더라고!
근데 저 사람들은 누구죠? 여기 매일 와요?
그럼요, 매일 아침점심을 여기서 먹는데요.
꽤 괜찮은 사람들이에요.

저 사람들 볼 때마다 그런 생각이 들데…. 그러니까 사실 저 두 사람은 남매지간인데, 둘이 남몰래 결혼해서 같이 사는 거라고 말이야.
DUAL BREAKFAST
2 EGGS BACON PANCAKES $3.95
Angel's

잠깐… 누가 그랬다고?
카운터에 앉아 있던 어떤 못생긴 남자가 그랬어…. 진짜 그럴 리야 없겠지만…. 나중에 나랑 거기 가서 점심 먹자…. 혹시 있으면 뒤라도 한번 밟아보고….
봐서, 그러든가….
…놀라운 가격! 39달러 95센트에 드립니다! 단 맞춤형 특별 제작품과 두툼하고 푹신푹신한 폼 패드는 별도…

"봐서, 그러든가"라니…! 야, 너 졸라 못됐다?
알았어, 알았다구.
곧이어 뉴스브레이커에서는 사랑하는 남녀가 동반 자살한, 로미오와 줄리엣 같은 놀라운 사연을 자세히 보도합니다. 과연 사랑 때문인가, 아니면 또 다른 이유가 있었던 것인가?

아울러 연쇄살인범들이 대부분 십대 소녀인 팬들로부터 팬레터를 산더미처럼 받고 있다는 사연도 소개해 드립니다. "어째서 우리의 딸들은 살인범을 좋아하는가?" 이에 관한 충격적인 진실이 밝혀집니다!

존 엘리스는 그 뭣 같은 잡지 하나 때문에 제가 뭐가 '특별하다'고 생각하나 본데, 그 자식도 결국 개나 소나 다 좋아하는 쓰레기 같은 이야기만 좋아하는 것뿐이야.
맞아.
자살한 남성은 시한부 판정을 받았지만, 여성은 그걸 모른 채 동반을 자청했다고 합니다…. 그렇다면 과연 이것은 동반자살일까요, 아니면 사기행위일까요?

잠깐, 돌리지 말아봐…
1144
…자세한 소식에 앞서, 먼저 어제의 시청자 여론조사 결과를 보시겠습니다…
아니, 됐어…. 그냥 돌려….

딸깍

어휴, 이 병신 같은 년들 좀 봐!
딸깍
딸깍
Daniel Clowes

GHOST WORLD

[1] 이 인형은 대니얼 클로즈가 어린 시절부터 갖고 있던 물건으로, 이 책 4쪽 그림에도 나온다. 클로즈는 이 물건을 영화에 소품으로 등장시켰으나, 저작권 문제로 인해 가발을 씌울 수밖에 없었다고 훗날 인터뷰에서 회고했다.

1 Don Knotts (1924~2006) 미국의 코미디언.

PA SY DUKE
DON TAND THERE

이런, 사탄숭배자들은 벌써 왔다 가셨나? 지금 몇 시야?
네 시 반쯤 됐겠지.
Angelo's
BREAKFAST
LUNCH

나 밥 먹고 할머니 심부름 땜에 마트 가야 돼. 저녁에 우리 집으로 오든가…
그나저나 뭘 먹지?
이런 세상에…. 야, 뒤돌아보지 마!

어머, 어머, 얘들아! 니들이 여긴 또 어쩐 일이니?
우리? 우린 여기 자주 와, 멜로라. 넌 또 어쩐 일인데?
어, 나 오늘 오디션 가다가, 너희가 여기 있는 게 딱 보이잖아!
여름 내내 한번도 못 보고 그래서… 되게 심심하더라! 그나저나, 별일들 없지?

뭐, 별로….
난 평일엔 그린피스 봉사활동 하고, 나머지 시간엔 오디션 찾아다니고 그래. 혹시 너희들 나 나오는 광고 봤니? 어쩜, 나 너무 창피한 거 있지!
네가 광고에 나온다고?

어, 햄턴 헤이즈 후보 TV 광고에 나와. 솔직히 안 믿기지? 내가 우익 후보 광고에 나온다니! 뭐, 그래도 생각보단 잘 나온 것 같지만…. 그리고 어쩌면 「아파트」라는 드라마에서 배역을 하나 딸 것도 같아. 아참, 나 전화번호 바뀐 거 아니?
어…, 그럴걸?

맞어, 맞어, 니들 혹시 캐리 밴덴버그 이야기 들었니? 정말 안됐더라….
왜, 그 병신 풋볼 선수 자식이랑 결혼해서 애라도 가졌대?
ENGLISH BREAKFAST
2 EGGS BACON UFFIN

그게 아니라 얼굴에 종양이 크게 생겼대. 나도 아직 본 건 아닌데, 왜, 걔 얼굴에 애교점이라고 있던 게 알고 보니 암덩어리였대잖니! 나중에 전화라도 좀 해봐! 너무 안됐잖니!
세상에….
ISH KFAST

그래, 어쨌든 만나서 반갑다, 얘들아! 나중에 꼭 전화해!
잘 가, 멜로라.

좋아! 전에 그 풋볼 선수 자식이 나더러 '호모 년'이라고 했겠다? 나도 어디 캐리 밴덴버그한테 똑같이 한번 졸라 잘해줘 보지, 뭐!
나도 그러고야 싶은데, 어쩌나? '오디션' 땜에 시간이 없어서!

잘났어 정말! 저년 하고 다니는 꼴 좀 봐! 지가 언제부터 배우였답시고 지랄을 떨어?
진짜 한번 보자, 그 광고.
웃기지 마!

옛날에 아빠가 나를 쟤랑 붙여놓으려고 난리였어. 뭐? 쟤한테 정치의식이란 걸 좀 본받아야 한다나?
하, 오늘 가서 그 광고 이야길 해주면 노인네가 뭐라고 할까? 아마 뒤로 자빠져 돌아가실걸?
GIANT
EXIT
OPEN
ENTRANCE

나 이거 사면 다 못 먹는데. 좀 도와줘.
아우…. 짜증나 미치겠네. 이것 좀 봐. 이건 아예 포르노잖아? 이런 거 만드는 놈들은 뭐야? 지금 장난하자는 건가?
nilla WAFERS
Choco Choice
Choco Choice
CHIPI CHIPPS CHIPPS
OOKIES O'KOOKIES

이렇게 남자 물건이 여자 구멍에 들어가는 것 같은 그림까지 그려가며 과자를 팔아먹어야겠다는 거야, 뭐야?
쉿!
그럴 거면 차라리 진짜 물건하고 구멍 사진을 싣든가….
쉬이잇!
Choice
Choice
'mallow TWEENS

저기 봐! 저 사람들이 혹시 그 사람들이야?
이런, 세상에!
CASHEW CRUNCH

여기서 보다니! 오늘 진짜 대박이다! 근데 저 사람들인 줄 어떻게 알았어?
딱 보면 알겠구만!
그렇지?
하, 세상에! 저 사람들 뭐 사는지 좀 가서 보자!

레드 데블 타코 소스하고….
내가 가볼 테니까 기다려봐!
혹시 눈이라도 마주치면
태연한 척하고!

왜 그래?
아니, 네가 직접
봐야 돼. 정말
미치겠다니까!

하, 세상에!

Lunchables
Lunchables
unchables
uncha

아니, 그 사람한테
도대체 뭐라고 한 거요?
전 그냥 꽉 찰 때까지
계속 넣어달라고
했는데….
뭐요?
제가 아니라
차에 기름 좀
넣어달라고요!
하 하 하 하

야, 너희 할머니가 이거 정말 좋아해서 보시는 거냐?
이상하지, 그치? 근데 정말 제일 좋아하시는 프로야!
햄턴 헤이즈에 대한 시민 여러분의 의견을 들어봤습니다!
좋은 분이에요! 근로자를 위해주고! 범죄에는 단호하고, 세율도 낮추려고 하니까요!
전 이번에 집을 장만했어요. 그러니 햄턴 헤이즈를 안 찍을 수가 없네요!

전 선거는 이번이 처음이에요. 그러니까 제대로 찍어야죠!
우에에에엑!
쟤 머리 좀 봐!
세상에!
애들아, 조용히!

이상, 햄턴 헤이즈 선거운동본부에서 전해드렸습니다!
정말 오늘은 아주 대박이네! 아예 녹화해 놓을까 봐!
장난해? 비디오는 고장나서 갖다 맡겼는데, 돈이 있어야 찾아오지!

근데 오늘 물건 팔아서 전부 얼마 벌었어?

나 지금 가봐야겠어….
왜, 무슨 일 있어?
아니.

다행이야!
Daniel Clowes

1 록 밴드 라몬즈(Ramones)의 노래 「본드 말고 카보나(Carbona Not Glue)」 가사.
2 라몬즈의 노래 「수지는 해드뱅어(Suzy is a Headbanger)」 가사.

…그나저나 무슨 바람이 불었어? 꼭 평생 가도 펑크족은 안 할 것처럼 굴더니! 그 초록색 염색약은 새로 산 거야? 아니면 초딩 때 쓰고 남은 걸 어디서 찾기라도 했어?
지랄하네…. 그래, 나 지금 퍼포먼스 중이고, 아주 좋아서 돌아버리겠다! 됐냐?

하여간 이러고 나니 기분 좋은데…. 내친 김에 우리 오늘 밥 스키츠나 보러 가자!
너 아주 '기분 째지는'구나?
당근이지!

세상에, 혹시 저 사람 맞아?
어디?
카운터에 앉은….

저 사람? 전혀!

전혀 비슷하지도 않구만…. 저 사람에 비하면 밥 스키츠는 백만 배 미남이다!
아이고, 세상에….

저기 저 여자 생긴 것 좀 봐!

있잖아, 내가 열세 살 때였나? 그때는 창녀가 되도 좋겠다 싶었어. 뭐랄까, 잘생긴 남자들이랑 낭만적인 데이트도 하고, 같이 잠도 자면서 돈까지 벌 수 있다 이거였지….

윽! 저 남자 좀 봐! 어떻게 저렇게 생겼지? 누가 봐도 인상이 딱 연쇄살인범이야!
내 말은… 가슴이 저렇게 크면 짜증나지 않겠느냐는 거지.

저렇게 왕 가슴이면 솔직히 창녀밖엔 할 게 없지 않을까?
그게 말이 돼?
시끄러. 솔직히 가슴 큰 여자가 고등학교 선생 할 것 같아? 노이즈 선생 가슴이 저렇게 크고 탱탱했으면 어땠을까? 절대 그럴 리 없지!

아니면, 혹시 가슴 큰 여자가 대통령에 출마하기라도…
…이크!
왜?
창문 보지 마.

안녕, 베키.

UR AD HERE
1-7777
저건 또 뭐야? 지금 우리보고 "안녕, 베키."라고 한 거야?
그… 그런가 본데…

이런, 세상에! 방금 누구였는지 알아? 미치겠네! 저게 바로 캐리 밴덴버그였어!
왜, 멜로라 말이 쟤 얼굴에 암인가 뭔가…

으아아악!!!

쉬잇!

노라 존슨 공원까지만 가보자. 밥 스키츠가 거기서 고딩 날라리 년들 구경하고 있을지도 몰라.
그냥 갔다 온 걸로 치자.
야, 이 졸라 게으른 돼지야!

저것 좀 봐. 누가 노숙자 구걸 간판을 버려두고 갔네.

어? 야, 이니드!
어?

나 모르겠어? 존 크롤리!
어, 그래. 오랜만.
어떻게 지내?
요즘도 그 중국 식당 자주 가니?

글쎄…, 거긴 문 닫은 것 같은데….
그래? 잘 됐네…. 솔직히 거기 짜증 나는 소리 땜에 죽는 줄 알았거든! 난 지금 비즈니스 스쿨에 다녀. 졸업하면 아마 어디 재수 없는 대기업 사원이 되겠지!
그러면 10년 동안만 거기서 죽어라 일하고, 딱 서른다섯이 되면 보란 듯이 퇴직하고 나올 거야!

솔직히 이거야말로 혁명적인 삶이 아니겠어? 그까짓 얼터너티브니, 펑크 록 따위 다 헛소리야! 너도 조만간 그 재수 없는 짓에 뛰어들게 되겠구나?
그나저나 지금은 대학생이지?
어…, 어쩌면 내년에 스트라스모어에 가게 될지도 몰라….

그렇단 말이야?
'어쩌면' 이라니까!
그래, 뭐든지 엄마랑 아빠한테 다 해달라고 해!

난 내가 벌어서 갈 거야!
그럼 잘 해봐! 그 대출금 다 갚으려면 아마 90살은 넘어야 될걸?
이런, 나 약속 있는데 늦었네! 나중에 또 보자!

그 펑크 록 나부랭인 집어치워. 현실로 뛰어들어서 일단 돈이나 벌자고!
나가 뒈져라, 병신 새끼!
뭐 하는 놈이야?

'또라이 조니'란 자식이야.
그 또라이 조니? 옛날에 너희 아버지 차에 스프레이로 '아나키'라고 썼던 녀석? 난 또 무슨 스킨헤드처럼 생긴 줄 알았는데….

한때는 그랬지…. 젠장, 저런 병신 새끼가 있어? 꼴에 양복이나 걸쳐 입고!
엄마랑 아빠한테…? 지랄하고 자빠졌네!

생긴 건 멀끔하구만.
아, 썅! 너 바보 아니냐?
뻥이야. 뻥….

그건 또 무슨 스타일이야?

이번엔 그야말로 '펑크'도 나발도 아닌 거지…. 내가 애새끼냐? 이젠 대가리가 절반밖에 없는 놈도 내가 무슨 모던 하드코어 어쩌고저쩌고 지랄하는 병신들처럼 입진 않았다는 걸 알겠지. 오히려 1977년도 펑크 옷차림이니까. 조니 그 병신 새끼는 워낙 돌대가리라 이게 뭔지도 모를걸?

한 가지 스타일만 죽어라 입으면 어떨까 싶어. 가령 어디서 1930년대에 유행하던 옷을 왕창 사서 매일 입고 다니면 어떨까 하는….

문제는, 그걸 입으면 진짜 멍청하게 보이는 데다, 특히 어디 마트나 타코벨[1] 같은 데 가면 그야말로 시선 집중이 된다 이거지. 그런 옷에 맞춰 조신하게 행동하고, 구닥다리 차를 몰고 하다 보면 완전 미쳐 버릴 거라구!

세상에! 저렇게 못생겼는데도 서로를 끔찍이 사랑하는 커플을 보면 정말 귀엽단 생각 안 들어?

저 남자 봐봐. 어제 우체국에서 봤는데, 나한테 수작을 걸지 뭐야?
지금까지 내가 본 놈들 중에서도 제일 멍청하게 생겼네!

혹시 오늘 밤에 시간 있으면 레게…
그래, 네 말이 맞아. 근데 저 남자 뒤에 딴 남자 보여? 왜, 플래티푸시스의 베이시스트였다가 쫓겨난…
난 저 자식 싫어. 그야말로 짜증나는 병신 새끼인데다가… 또라이 조니 못지않게 멀끔하니까.

좀 솔직해봐라. 어떻게 세상 남자를 모조리 싫어할 수가 있냐?
모조리 싫진 않아. 다만 저렇게 밉살 맞고, 나대고, 보헤미안인 척하는 짝퉁 예술가들이 싫은 거지!

네 기준에 맞는 남자가 있어? 너 그거 알아? 브루스 리에 푹 빠졌다가 정신 차리고는 남자에 대해 절대 좋은 소리 안 하는 거.
글쎄…. 아마 데이비드 클로즈 같은 남자?

그게 누군데?
꽤 유명한 만화가래. 지난번에 존 엘리스가 그 사람 만화를 보여주더라고.
윽! 난 만화 싫어!

그냥 흔히 볼 수 있는 만화가 아니었다니까….
하여간, 난 만화 좋아하는 사람은 별로야.
어이구, 지랄한다! 그래도 저렇게 기타 치는 병신들보단 훨 낫네요!

그 사람 잘 생겼어?
세상에, 우리 고등학교 때 매일 나한테 전화 걸던 자식 생각나? 그 왜, 토머스라는…. 그 자식, 전화해서 이것저것 물어봐 놓고, 자기 얘긴 한마디도 안 하는 거야. 그러면서 나 혼자 떠드는 동안 기타 치면서 배경 음악 깔아주는 거 있지?
어떻게 그런 병신 같은 자식이 있어?

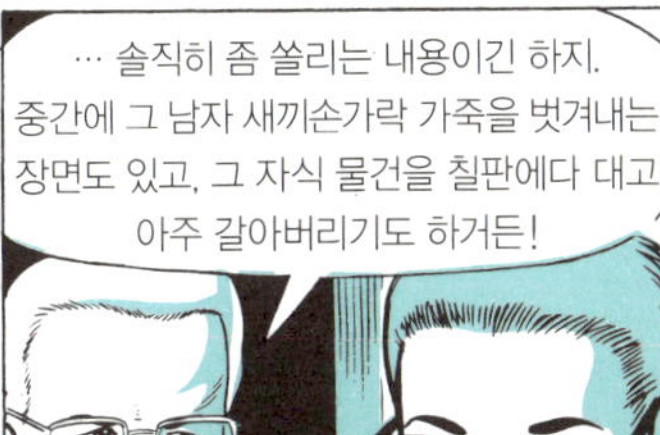

1 **Shalom** 유대인의 인사말.
2 **Manitoba** 캐나다 중남부의 주명.
3 **Eddie Munster** 1960년대 드라마인 「문스터 가족(The Munsters)」에 나오는 늑대 소년.

1 Homer Simpson 애니메이션 「심슨 가족(The Simpsons)」에서 아버지 캐릭터.
2 Mod Squad 1968~1973년에 방영된 경찰 드라마로, 1999년에 영화로도 제작되었다. '비트시티'는 그 영화의 국내 개봉 제목이다.
3 「비트시티」에 나오는 금발 여자 경찰 줄리 반스(Julie Barnes).

4 Zelda Gilroy 1959〜1963년에 방영된 TV 시리즈 「도비 질스의 여러 사랑(The Many Loves of Dobie Gillis)」에 나오는 인물.
5 Charlie's Angels 1976〜1981년에 방영된 TV 시리즈. 영화 「미녀 삼총사」의 원제목이다.
6 Bosley 「미녀 삼총사」에서 주인공들의 지휘관 역할을 하는 인물.

라인에서 절반만 벗어났다거나 그랬더라면… 러닝 게임은 없었을 거야…. 시간을 그렇게 넉넉히 주지만 않았더라도, 오펜스니 뭐니 전혀 없었을 거라고!

그래서 몇 점이나 먹은 거야?
6점하고 반.
그럼 그 친구 이름을 아예 '산타클로스'로 바꿔야겠구만.

오늘 여기 오면 밥 스키츠라도 있을 줄 알았더니만…
그 친구 요즘 뭐 해?
루니스에서 한 번 봤지….

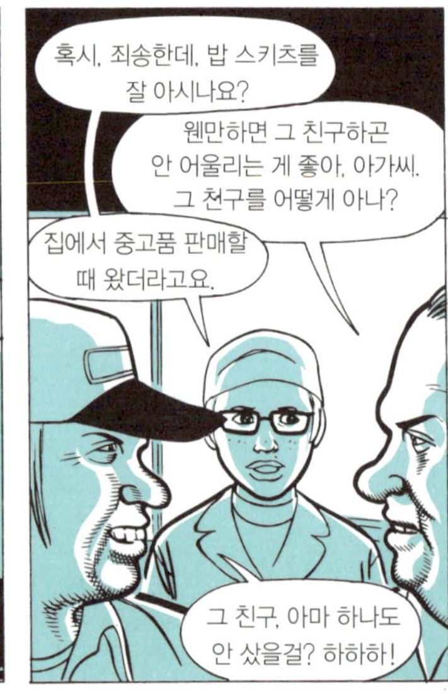

혹시, 죄송한데, 밥 스키츠를 잘 아시나요?
웬만하면 그 친구하곤 안 어울리는 게 좋아, 아가씨. 그 친구를 어떻게 아나?
집에서 중고품 판매할 때 왔더라고요.
그 친구, 아마 하나도 안 샀을걸? 하하하!

나 왔어!
야, 저 사람들이 밥 스키츠를 잘 안대!

그나저나… 어땠어?

그 이야긴 하지 말자. 네가 맞았어.
…특별히 대단할 것도 없고, 그저 늙어빠진 변태더라고.

인정하셔. 넌 정말 모든 남자를 싫어하는 거야.
정말 그런가 봐.

그나저나, 세상에, 정말 죽여줘!
죽여주다니? 뭐가?
시끄러! 저 후줄근한 양반들이 밥 스키츠를 잘 안대! 오늘 여기서 볼 줄 알았는데, 안 나타났나 봐. 신경질이 나서 그랬는지, 나보고 스키츠는 위험 인물이니까 웬만하면 어울리지 말라지 뭐야!

그따위 가발로 누굴 속일 생각은 하지 말라고…
삐익!

도대체 어떻게 된 게… 우리한테는 왜 데이트 신청하는 놈들이 하나도 없는 걸까?

어쩌면 둘 다 레즈비언이라도 돼야 할까 봐!
손 치우지 못해?

문제는 내가 정말 사귀고 싶은 종류의 남자가 아예 존재하지도 않는다는 거지. 거칠고, 줄담배에, 똑똑하고, 모험적이고, 진지하면서도 재미있고 끝내주는…
그러는 너, 평생 딱 한 번 같이 잔 남자는 그와 정반대 였잖아?
하긴 그래. 정말 지랄 같지! 가끔 내가 바보짓 하는 것도 성적 욕구불만 때문인 것 같아.

자위라는 기적의 대안이 있잖아!
아니, 모르겠어. 효과가 별로 없다. 피어스 선생만 생각하면 항상 흥분이 되긴 하는데….

그러니까, 피어스 선생은 여름방학 보충수업을 마치고, 한창 시험지를 채점하고 있는 거야.

피어스 선생님…, 혹시 저 기억하시나요?
이니드! 나… 난 언젠가 네가 돌아오리라 믿고 있었어!

지난 2년 동안 한시도 널 잊어본 적이 없었어!
아니, 잠깐….

잠깐…. 알았어요, 일단 샤워라도 하고….

그는 너무 흥분한 나머지 옷을 입은 채로 샤워실에 들어오는 거야.

아니, 잠깐…. 그래, 처음에는 그 사람이 나한테 전화해서 찾아오겠다는 거야.
그래…, 한밤중에 우리 집에 와서 나를 깨우는 거지.
이니드, 내 사랑….
아니, 잠깐…. 그래…. 그래….

쿨쿨쿨쿨쿨
Clowes

1 Renaissance Fair 중세의 풍물을 재현하는 일종의 풍물 시장을 말한다.

1 영화 「붉은 시월」의 패러디 제목.

세상에. 조시, 나 이거 사게 돈 좀 빌려주라!

나 지금 한 푼도 없거든?
조시이이이, 으응? 좀 빌려주라! 꼭 갚을게. 으응?

그래서 뭘 샀는데?

내일 보면 알아. 입고 나갈 테니까!
우엑!

걱정 마셔. 전혀 야하거나 뭐 그렇진 않고… 다만 진짜 '죽이는' 거라니까!
HAYES
헤이즈를 국회 상원으로 보냅시다!

근데 조시는 진짜 숫총각일까?
당근이겠지! 걔가 그거 한다고 상상해봐! 걘 딸딸이도 못 칠걸? 워낙 숙맥이잖아!

그래, 어쩌면 그럴지도….
너 옛날에 처녀 딱지 떼던 이야기나 좀 해봐.

그건 나보다 네가 더 잘 알잖아!

그렇잖아도 지난주에 나오미한테 그 얘길 모조리 해줬더니 아주 푹 빠지더라고. 어찌나 웃기던지!
걔한테 나랑 마틴 얘길 했다고?

아니, 너 말고 내 얘기 말이야. 네 얘길 곧이 할 수는 없었으니까….
정말로 듣고 싶어? 나 한번 시작하면 그냥 끝도 없이 주절거릴 건데도?
괜찮아! 모조리 이야기해봐!

알았어. 자, 그게…. 이팔청춘까지 난 키스 한번 못해본 신세였어. 그래서 어떻게든 그 지경을 좀 벗어나려고 하는데, 하필 괜찮다 싶은 놈들은 다 뺀질이나 또라이인 거야.

잠깐…, 정말 키스도 한번 못해봤어?

하여간에, 나보다 몇 살 많은 앨런 와인스타인이란 애가 있었어. 원체 심각하고 우울해 보이는 히피였는데, 대마초도 졸라 많이 피우고, 레게 음악을 좋아했지. 그레이트풀 데드1 안 좋아한 게 다행이었지!

하여간 부잣집 아들이고, 되게 재미있는 애였어. 한번은 우리가 연 파티에 왔는데… 나는 점점 걔를 좋아하게 됐지. 왜냐하면 자기의 반문화 철학(물론 사실은 다 구라였지만)을 설파하느라 바빠서 여자애들하고 노닥거릴 시간도 없는 것 같았거든. 대충 상상이 가지?

파티가 끝나면 난 항상 걔네 집에 가서 새벽 다섯 시까지 같이 있었어. 걔네 엄마가 그때쯤 일 끝내고 집에 왔거든. 걔네 엄마는 무슨 돌팔이 정신과의사 같아서, 걔가 막 미치려고 하더라고. 내 생각엔 그래서 걔가 일부러 히피 짓을 더 했던 것 같아…. 부자인 부모님이 싫으니까.

그렇게 2주쯤 지나니까, 정말 그거 빼고는 다 해봤지 뭐야. 항상 중간에 딱 멈췄지. 먼저 하자고는 안 그러더라고. 하긴 그랬으면 내가 차버렸겠지만!

1 **Grateful Dead** 1960년대 미국 히피들 사이에서 큰 인기를 끈 록 그룹.

하여간에, 난 그때가 딱 좋겠다고 생각했어. 이팔청춘이었다 이거지!
나도 한번 해볼 나이가 된 거라고. 그래서 베키랑 궁리를 해봤지.
근데 걔가 나보다 훨씬 더 잘 아는 거야!

TV가 켜져 있었어. 걘 내가 피임약 먹은 거 알더라. 내가 먼저…
"해줘!"라고 말한 건 아니었어. 자연스럽게 되더라고. 걔는 나를 기분
좋게 해주려는지 무척이나 진지했지만. 난 그저 얼른 끝났으면 하는
생각뿐이었어. 아프거나, 피가 나거나 그러지도 않았지만….

끝나고 나서, 우리는 정말 한마디도 안 하고 케이블로 「스타트렉 4」를
봤어. 그거 다 보고 나와서는… 집에 가서 전화 한다고 해놓고,
사실은 안 했어.

거사일은 바로 목요일이었어. 점심 지나서 학교 땡땡이 친 다음에,
걔 방으로 올라가서 결국 하긴 했지…. 솔직히 겁나서 하지 말까
싶었는데, 그러면 베키가 이젠 나랑 말도 안 할 것 같단 생각이
맴돌더라고. 차라리 그냥 했다고 뻥칠까도 싶었는데, 어떻게 했는지
자세히 얘기해달라면 도저히 못 할 것 같더라.

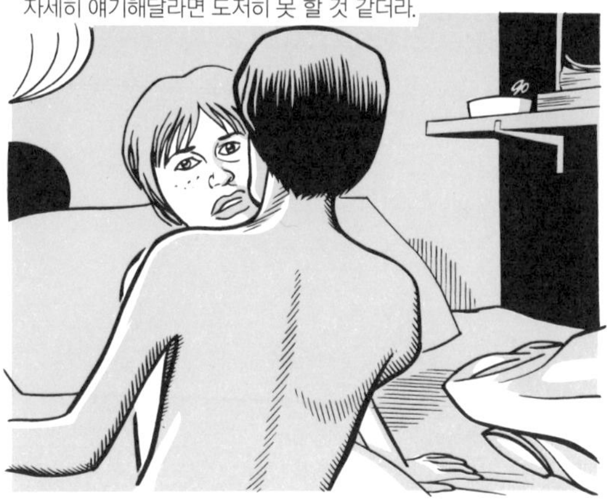

하는 내내 TV에선 「제퍼슨네 사람들」이 나오고 있어서, 나는 중간에
몇 번이나 웃겨서 죽는 줄 알았어. 또 하는 내내 방 안의 아주 미세한
움직임까지도 다 알 수 있었어. 정말 기분이 묘하더라니까.

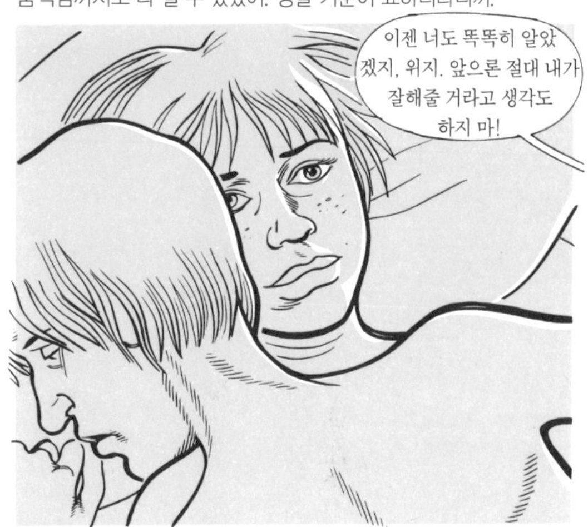

밖에 나와 보니까 뭔가 정말 묘한 기분이 들었지. 사람들이 다 나만
쳐다보는 것 같고… 과연 베키가 뭐라고 할까 하는 생각만 들더라고.
「제퍼슨네 사람들」 생각도.

어쨌건, 그 이후로 나는 앨런을 완전히 피했고 말도 한마디 안 했어. 그러던 어느 날, 내 사물함에 편지가 열 장이나 들어 있지 뭐야. 나를 무척 사랑한다느니 어쩌니 하면서…. 한 가지 정말 황당한 사실은… 알고 보니 걔도 그날이 처음이었다는 거 아냐. 나한테는 제가 그쪽 방면에 아주 도가 튼 것처럼 떠벌렸으면서 말이야!
BRUCE LEE

지금도 가끔 걔랑 만나. 그래도 나쁘진 않으니까…. 솔직히 전혀 부끄럽지도 않고…. 그래도 가끔은 걔 대신 좀 더 나은 남자랑 만났으면 좋겠다 싶은 생각이 들더라고.
세상 여자들이 다 그렇지, 뭐!

나중에 베키한테도 얘기해달라고 해봐. 걔는 어디 인터넷 게시판에서 만난 죽이는 남자랑 했다는 거 아냐!
세상에….
REST ROOMS

너 정말 나랑 마틴에 대해서는 입도 뻥긋 안 한 거지?
하! 정말 유난 떨고 자빠졌네!

그게 아니라, 난 나오미, 걔 짜증 난단 말이야!
이 망할 년아! 너 걔 누군지 알지도 못하잖아!

1:41

하여간 나 빼놓고 너 혼자 애덤스에 갔다니, 실망이야!

다음 날
제발 그것 좀 벗으라니깐!

1 변호사 중 유대인이 많고 일식집 이름을 연상시키는 '소수미(sosumi)'가 "그럼 고소하든가(so sue me)."라는 말과 비슷하기 때문에 생긴 말장난.
2 1950년대와 1960년대 일상을 소재로 하여 1974~1984년에 방영된 드라마 「행복한 시절(Happy Days)」의 주인공 소년들.
3 미국의 패러디 코믹송 가수 '위어드 앨 얀코빅(Weird Al Yankovic)'의 헤어스타일이 이 웨이터와 비슷하다.

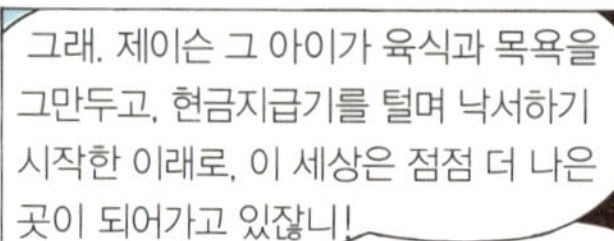

1 라이처스 브라더즈(Righteous Brothers)의 노래 「사랑의 느낌을 잃어버린 당신(You've Lost That Lovin' Feelin')」(1965)의 한 소절이다.

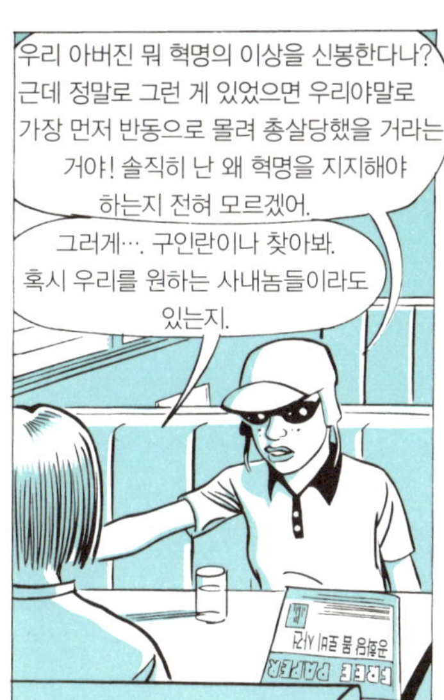

---

1 그룹 포시즌스(The Four Seasons)의 노래 「다 큰 소녀는 울지 않는 법(Big Girls Don't Cry)」(1962)의 한 소절.
2 배우 부부였던 험프리 보가트와 로렌 바콜의 애칭. 두 사람은 1945년에 결혼해서 보가트가 죽을 때까지 함께 살았다.
3 백인이혼남(divorced white male).　4 독신백인남(single white male).

그런데 한 일주일쯤 뒤에 그 사람이 그 여자
일하는 데 왔어. 셔츠 앞자락을 확 펼치니
앞가슴에 그 여자의 졸업앨범 사진하고 이름이
문신으로 대따 크게 새겨져 있는 거 있지!

그 여자는 홧김에 그를
죽이고, 감방에 갔지.

1 어소시에이션(The Association)이 부른 「윈디(Windy)」(1967)의 한 소절.

2 백인이혼녀(divorced white female).

3 난쟁이.

근데 우린 거기까지 뭐 타고 가지?
그러게… 난 그 버스는 죽어도 다시 안 탈래!

부탁이야, 조시… 으응? 거기 정말 죽여준다니깐!
부탁이야, 조시!
이건 사람 약 올리는 미친 짓이란 생각밖에 안 든다.

그 사람이 아예 안 나올 수도 있잖아! 그러니까 으응, 조시?
부탁이야!
난 니들 하는 일에 얽히기 싫어!

세상에, 조시! 너 운전하는 게 꼭 노인네 같다!
뭐 하려고 그래?
COSMO MR. VON

세상에, 조시! 너 저런 사람들은 다 사기꾼이란 거 몰라? 저런 사람들 하루 수입이 200달러나 된다니까!
잘 알지도 못하면서 그렇게 말하는 거 아냐.
조금만 도와주세요.

여기요!
고맙수! 좋은 하루 되쇼!

솔직히 저 사람이 속으로 우리를 얼마나 깔보고 있을까?
너처럼 잘 속는 녀석은 언제고 기회가 되면 연쇄살인범 되고도 남을 거야!

이런 식당이야 어디든지 지천으로 널렸잖아?
무슨 소리야! 이 정도면 솔직히 군계일학이라 할 수 있지!
그럼!

근데 그 '위어드 앨'이란 사람은?
쉬잇! 저기 있어. 머리 보니 딱 알겠다!

나 저 사람이랑 한번 해보고 싶어!
좋아! 내가 그렇게 전해줄게!

손님들, 바로 주문하시겠습니까, 아니면 잠시 후에…
아, 위어드 앨! 우선 제가 한 가지 말씀드릴…
닥쳐!

여기 제 친구가 그러는데…, 읍!

그러니까 조시, 넌 정치적 성향이 뭐냐니까.
뭐라고?
지난번에 여기 왔을 때, 베키랑 나랑 정치 이야기를 하고 있었거든.
근데 내가 너를 못 믿겠거든.

농담 아니라니까. 네가 지닌 기본 철학을 요약해봐.
내가 지지하는 정책은… 어떤 어리석음이나 폭력, 잔혹과 검열에도 반대하는 거야.
그럴 줄 알았다니까…
세상에! 저기 좀 봐!

저 사람이 틀림없어!
세상에! 진짜로 나오다니!

어떻게 하지?
우리 중 누군가가 그 여자인 척해야지!
그럼 아니란 걸 딱 알 거 아냐!
이런 젠장!

세상에, 이런 말도 안 되는 일이!
그러게 말이야!

다 드셨으면 그릇 치워 드리겠습니다.
그 사람, 지금도 계속 보고 있어?
슬쩍 뒤돌아봐봐. 너무 티 나게 하진 말고.

그렇게 오래 기다리지도 않네? 겨우 25분밖에 안 됐는데….
아마 눈치 챘나 보지, 뭐!

1 프랭크 시내트라(Frank Sinatra)의 노래 「그땐 정말 좋은 시절이었지(It Was a Very Good Year)」(1966)의 한 소절.

고스트 월드라.

저 사람 오늘도 있네. 아주 매일…
딱!

혹시 저 사람 전에도 본 적 있어?
응…. 근데 저 정류장은 노선 바뀌고 버스 안 다닌 지 몇 년 됐잖아?

난 저 사람을 '노먼'이라고 불러.
왜?
… 혹시 노먼 크내겔 때문에?

아니…. 에이, 그건 아냐! 아냐, 그래서 그런 건 아니라고…

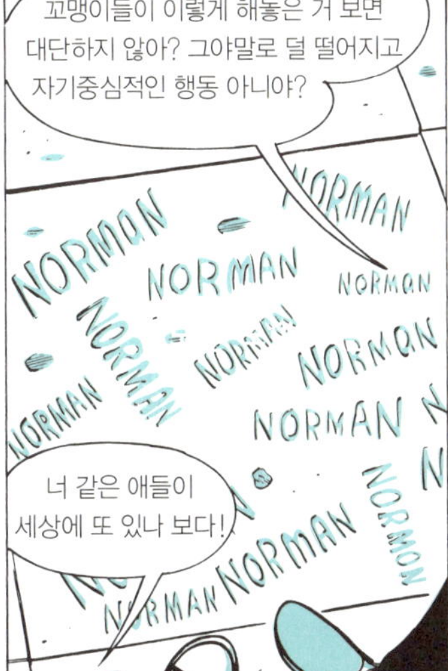

꼬맹이들이 이렇게 해놓은 거 보면 대단하지 않아? 그야말로 덜 떨어지고 자기중심적인 행동 아니야?
너 같은 애들이 세상에 또 있나 보다!
NORMAN
NORMAN
NORMAN
NORMAN
NORMAN
NORMAN
NORMAN
NORMAN
NORMAN
NORMAN
NORMAN

BREAKFAST · LUNCH ·
Angel's

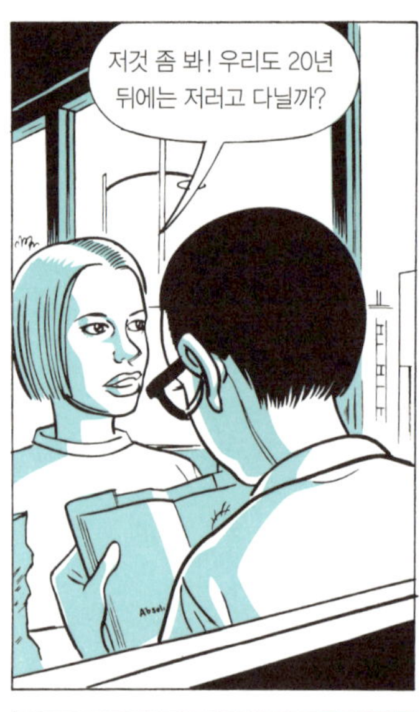

저것 좀 봐! 우리도 20년 뒤에는 저러고 다닐까?

아, 저건 '윈디'하고 '조지 걸'이야.
존 엘리스가 저 사람들을 그렇게 부르더라고….

지가 뭐 저 사람들을 만들어내기라도 했나?
전혀 아니지!

이런, 이젠 그 사탄숭배자들을 통 볼 수가 없네….
그러게, 정말 아쉽지? 밥 스키츠도 그렇고….

난 그 사람 본 적도 없네요!
다시 전화라도 해서 손금 좀 봐달라고 할까 봐!
어, 이런….

어머, 어머, 얘들아!
여긴 또 어쩐 일이야, 멜로라?
AMBASSADORS BREAKFAST

왜, 나 여기 얼마나 좋아하는데! 나 여기 단골이야!
정말?

근데 니들은 요즘 어떻게 지내니?
별로, 사탄숭배 말고는.

난 요즘 헬렌 모젠탈이 하는 수업 들어! 정말 대단한 선생이더라구! 진저도 우리 수업 듣고, 나탈리 라리오스도 있다니까!
어이구, 그러셔?

1 **American Gladiators** 1989~1996년에 방영된 스포츠 오락 프로그램으로 장애물 경기 등을 통해 승부를 가린다. 보조 진행자로 우락부락한 남녀 '근육맨'들이 나오는 것으로도 유명했다.

으응? 조시! 나 얼른 아기 하나 낳고 싶어. 네가 애 아버지 해주라. 으응?
아니, 됐어….
으응? 조시! 애는 우리가 잘 키울게!

됐다니까들….
왜 우릴 외면하려는 거야, 조시?
너 나탈리 라리오스랑 사귀는구나, 그렇지?

아이구, 세상에! 계집애들 방이 도대체 이게 뭐냐?

안녕요, 아저씨!
니들 나이엔 어디 나가서 남의 차도 망가트리고, 뭐라도 좀 훔쳐야 정상 아니냐?
아이구, 됐네요!

아참, 얘! 잊어버리기 전에 말해야지. 드디어 스트라스모어에서 연락 왔더라. 시험은 봐야 하지만, 그밖에 딴 건 필요 없다고….
자, 얼른 우리 방으로 가서 마약이라도 하자!

세상에, 사람이 임신하고 나면 기분이 얼마나 이상할까?
아저씨 하시는 말씀 뭐야? 너 진짜 스트라스모어 가기로 한 거야?

나도 몰라…. 아빠 혼자 괜히….
그럼 넌 전혀 생각 없는 거야, 응?
나도 몰라…. 그러니까, 어쩌면…. 그거야 모르지.

어휴, 섬뜩해…. 임신하면 몸속에 무슨 괴물딱지라도 들어 있는 기분일까?
정말로 네가 스트라스모어에 들어갈 수 있을까? 시험에 통과할 확률은 거의 없을걸….
하긴 그래….

밥 스키츠한테 전화나 걸어서 약속이나 잡자고. 지금 당장!

이런 걸 안 해봤더라면 그냥 칵 죽어도 싸다….
뭐라고 말할 건데?
쉿! 신호 간다.

죄송합니다. 방금 거신 번호는 잘못 거신 번호이거나 없는 국번이오니….

어, 이런…. 정말?

네가 이젠 엔젤스를 싫어하게 될 줄 알았는데….
그 망할 년하고 그 친구란 놈들이 거기 죽치고 있긴 하지…. 하지만 그 자식들이 거길 망쳐놓게 내버려 둘 순 없잖아….
언제 한번 날 잡아서 조시랑 멜로라를 만나게 해주자…. 그러면 정말 한눈에 서로를 싫어하게 될 거야!
아, 그건 너무 잔인하고 비인간적이야!
OPEN

생각해보니 조시한테 미안한데? 우리 둘 중에 누가 걔랑 한번 해줘야겠어.
너 해라. 나보단 널 더 좋아하는 것 같으니까….

전혀 안 그럴걸? 오히려 널 좋아할걸?
전혀! 난 그냥 친구일 뿐이고, 너야말로 걔가 꿈꿔오던 타입이야! 솔직히 걔가 내 생각하면서 딸딸이 칠 때가 많겠냐, 너 생각하며 칠 때가 더 많겠냐?
FOR RENT

언제는 걔가 딸딸이도 못 칠 거라며?
남자들은 다 쳐!

저것 좀 봐봐!
이런 세상에! 그 사탄숭배자 아줌마 아니야?
공동친권 회수목
MOT

근데 왜 혼자일까?
쉿! 가보자!

바깥양반은 어디 가셨어요?
아, 플로리다에 갔어요. 한동안은 거기 있을 테니, 나 혼자 알아서 해야죠.

저기, 잠깐만…
뒤에 계신 분들 표 사시려고요?
성인 5ºº 어린이 3ºº 12세 미만

약속할게. 대학 안 가기로.
근데, 생각해보니… 노먼이 안 보이네?
MIK

저것 봐! 이 정류장에 다시 버스가 서기로 했나 봐!

NOR
내 손 좀 놔봐…

Clowes

여긴 또 뭐 이상한 게 들어 있을지 모르겠네….
뭐 별거 있겠어?

이런, 세상에! 별게 있긴 있네!
그러게, 안 그래도 몇 년 동안 못 찾겠더니 결국 찾았네!

GHOST WORLD
이것 좀 봐! 내가 여덟 살 때 찍은 거야!
세상에, 그럼 저 낙서는 언제부터 있었다는 거야?
그러게 말이야!
근데 도대체 뭐 하러 너희 집 차고 문을 찍은 거야?

으, 6학년 때 이후론 이 사진 정말 들여다보기도 싫었는데!
어, 잠깐! 이거 멜로라 아냐?

응. 옆에는 나오미고…. 일본 못난이 삼형제였지.
걘 옛날부터 진짜 못생겼었구나!

이 사람은 조애니야…. 그래도 얼굴은 무척 예뻤지.
잠깐, 이 여잔 또 몇 번째야?
아빠 두 번째 부인…. 제일 괜찮았지…. 세상에, 얼굴 좀 봐봐.

여기 그 망할 년 사진도 있네.
나도 기억 나. 이 여자가 세 번째, 아니, 네 번째였나?
네 번째는 아직 없네요!

1 영국의 어린이 자매 듀오 페이션스 앤드 프루던스(Patience and Prudence)의 노래 「미소와 리본(A Smile and a Ribbon)」(1956)의 한 소절.

왜 그래?

방금 캐롤이 지나간 것 같았어!
캐롤이 누군데?
캐롤…. 왜 울 아빠 세 번째 마누라였던 그 계모 년!

어휴
CHILDREN
LPs & 45
78's

혹시 옛날 애들 노래 중에 무슨 「미소와 리본」인가 하는 거 아세요? 앨범 표지에 여자 아이 얼굴이 그려져 있는데요….
아동 코너 찾아보셨어요?

젠장, 정말 미쳐버릴 것 같아! 사고 싶은 게 있어도 어디 파는 데가 있어야지? "제발 나 돈 좀 쓰게 해주세요!" 하소연이라도 하고 싶다! 도대체 뭐냐고!
FRIENDLY FOODS

하다못해 아주 평범한 구두 한 켤레 사려고 해도, 도무지 안 된다니까! 이건 무슨 백만 달러가 있어도 진짜 정말 평범한 까만 구두 한 켤레 못 사는 꼴이니!

이런 세상에, 저것 좀 봐!
뭘?

저 조그만 할아버지 봐봐! 슈퍼에서 저 싸구려 꽃 사다가, 자기 마누라 갖다주나 봐.

세상에, 진짜 귀엽다! 아주 미치겠어!
그나저나, 조시가 이 근처 살지 않아?

그래, 맞아! 걔라면 어디 가야 오래 된 애들 판을 살 수 있는지 알 거야!

쾅 쾅
쾅 쾅쾅
쾅

혹시 안에 있으면서도 우린 줄 알고 일부러 문 안 여는 것 아냐?
조시!

차라리 왔다 갔다고 쪽지나 하나 남겨봐.
펜 가진 것 있어?

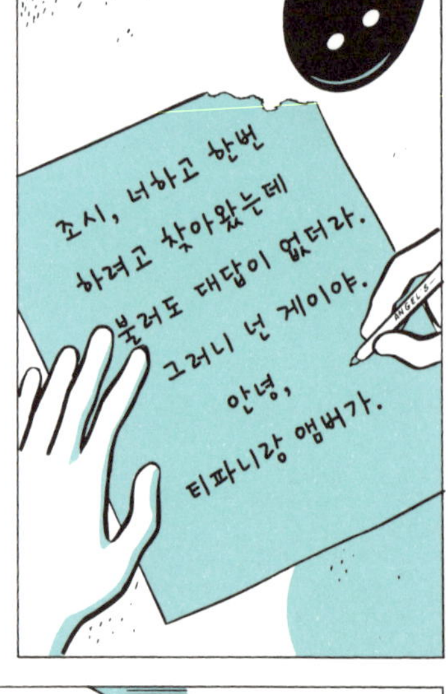

조시, 너하고 한번 하려고 찾아왔는데 불러도 대답이 없더라. 그러니 넌 게이야. 안녕, 티파니랑 앰버가.

그거 진짜로 남겨놓으려는 건 아니겠지, 응?
두고 보셔!

우리 중 누가 조시랑 한번 하려면 지금이 딱 좋을 것 같은데…
세상에, 너 진짜로 맘 있냐? 뻑 하면 그 소리니!
맘은 네가 있는 거겠지… 나야 그냥 재밌으라고 하는 얘긴걸!
RINGO'S HOT DOGS
OPEN

근데 걔는 정말 한번도 애인이 없었던 거야? 혹시 게이 아닌가?
글쎄, 나야 모르지…. 근데 게이는 아닐 거야. 차라리 '무성생식자'면 몰라도….

걔랑은 무슨 말을 하기가 힘들어. 하도 '함구무언' 하는 녀석이라….

너 오늘따라 무지 희한한 말 쓴다?
어. 울 아빠 때문에 그놈의 시험공부를 하다 보니 좀 그렇게 됐나 봐….

그래? 너 아예 시험도 안 보러 갈 줄 알았는데?
어, 처음엔 그랬는데…. 아빠가 벌써 돈을 냈더라고. 하도 닦달해서… 어쩔 수 없이 끌려가는 거지, 뭐….

이 싸가지, 나한테 뻥쳤구나.
뻥친 게 아니라, 그냥….

평소에는 별 허접스러운 얘기까지 다 하면서, 왜 시험공부 한단 얘기는 입도 뻥긋 안 하냐고!
네가 이렇게 짜증부터 내니까 그렇지…. 그냥 시험만 한번 보는 건데, 뭐!

너랑 있으면 늘 내가 뭔가 이득을 보기보다는 오히려 손해만 보는 것 같아….
대체 무슨 소릴 하고 지랄이냐?
OPEN

솔직히 전화를 걸어도 항상 내가 먼저 걸잖아? 네가 먼저 건 적은 한 번도 없고….
야, 이 미친년아! 오늘도 내가 먼저 걸었잖아! 솔직히 지금까지 내 덕분에 네가 이것저것 해보기도 한 거고! 솔직히 내가 이래라저래라 안 했으면 너 지금 이렇게나 됐을 것 같아?

아, 그러셔? 네가 그렇게 나보다 대단하고, 그렇게 잘났다 이거지?
아니, 네 말대로 내가 또라이면, 넌 왜 늘 나하고만 노는데?

남이야 뭘 하건…
야, 너 도대체 뭣 땜에 짜증을 내는 거야? 내가 혹시나 합격할 가능성, 그깟 1퍼센트 때문에? 진짜 그런 거야?

아니, 너 하는 짓이 졸라 웃겨서 그래! 뭐 하러 그래? 그게 뭐 대단한 비밀이야? 왜 자꾸 감추는 건데?
내가 보기엔 너 하는 짓이 오히려 더 웃겨!

RINGS
OPEN
됐어, 없었던 일로 해!

세상에, 안 그래도 어제 존 엘리스랑 또 한바탕 했잖아…
흠, 흠.

내가 쿨한 척한다고 지랄이잖아. 뭐랄까, "쿨한 척하는 놈들이야 많지만, 난 다행히도 성공했다." 뭐 그런 식으로 군다고 말이야. 그러면, 걔는 이 세상에 일부러 '못난' 척 하는 사람도 있다고 생각하는 걸까?

그 자식이 친구 하나 없이 사는 것도 당연해. 그 자식만 끼어들면 뭐든지 말썽만 생기고…
아이, 씨발! 그만 좀 해!

뭐? 넌 또 왜 갑자기 신경질 내고 지랄이야?
너 때문이야!
"뭐든지 말썽만 생긴다."고?
젠장!

왜, 내가 한 말이 어디 또 무슨 시험에라도 나온대?
왜 갑자기 미친년처럼 그러는데?
그래! 너 혼자 대학 잘 가라!

훌쩍

훌쩍
젠장! 썅! 망할 년!

얘? 왜 그러니?
훌쩍

내가 옛날에 갖고 있던 레코드판들 다 어디 있어요?

얘, 혹시 무슨 일 있니? 왜 그러는지 말 좀 해봐라…
아니에요…, 호르몬 문제 땜에 그럴 거예요.

잠깐 나갔다 올게요. 탐폰 좀 사러.

훌쩍

똑
똑

어…, 안녕,
어쩐 일이야?
나 들어가도 돼?

혹시 네가 오늘 문 앞에
이거 붙여놨어?
그랬나 보네…

그나저나, 웬일이야?
그냥. 여기 좀
앉아봐…

너도 한잔 할래?
왜? 나 술 잔뜩 먹여
맛 가게 해놓고 데이트
강간이라도 하려고?
그래,
맞아…

"그래, 맞아"? 앗쭈, 맘대로 하셔!
나한테 왜 그래? 왜 늘 내가 미워 죽겠다는
듯 그딴 식으로 말을 하는데?
넌 왜 내가 널
미워한다고 생각해?
내가 어떻게 알아? 넌 한번도
나한테 좋은 말을 한 적이
없었잖아!

너야 항상 너 하고 싶은 대로 하고,
또 툭하면 날 놀려먹는 것처럼 구니까
기분이 안 좋은 거야…
그거야 내 성질머리가 원래
그렇고…, 사실은 너의 관심을
끌고 싶어서였어!

사실…, 나 사실은
너 좋아해, 조시!

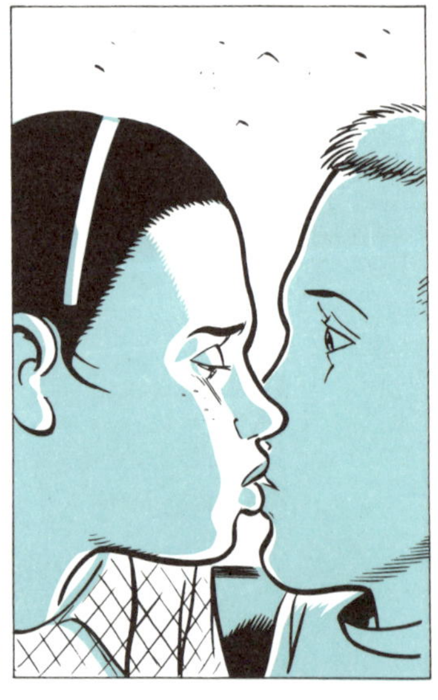

솔직히 말하자면 난…
아주… 그러니까 분명한 건…
혹시 피임 기구 있어?

어…, 아마 있을 거야.
찾아볼까?

아, 정말…
왜 그래?

왜 그래?

아니야. 그냥 이런 내가 정말 싫어!
젠장! 썅! 다 싫어!

훌쩍

이런 세상에!

… 얼굴에 미소, 머리에 리본이 있을 거니까요 …
투둑
투둑
투둑

지직
… 미소는 정말 특별해요, 리본은 정말 소중해요…

… 그럼 나도 특별하고 소중하게 될 거예요, 얼굴에 미소, 머리에 리본을 달면…

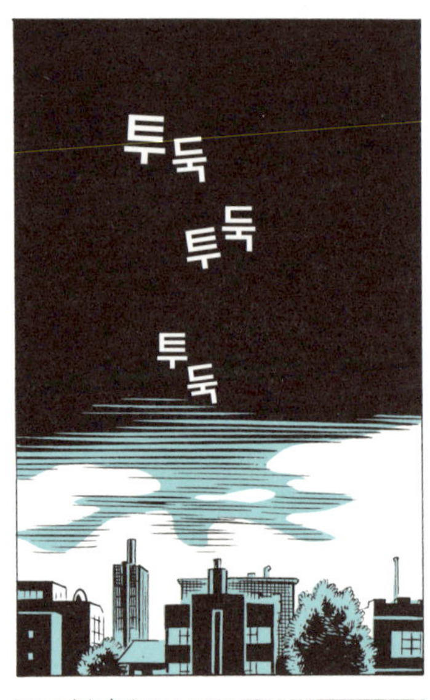

투둑
투둑
투둑

투둑
투둑
투둑

… 리본은 정말 소중해요…

너 어제 무슨 일 있었는지 알아?
… 얼굴에 미소, 머리에 리본…

GHOST WORLD
그럼… 시험 끝나고 결정하는 데는 얼마나 걸리는데?
뭐. 2초나 걸리겠어? 첫째 주에 시험 보고, 둘째 주에 결과 나오면, 그냥 '꽝' 하고 그냥 바로… 가야겠지.

거기까진 어떻게 가려고?
모르겠어. 차라도 끌고….

네가? 넌 운전면허도 없잖아? 거기까진 2천 마일도 더 될걸?
옛날에 운전했었어…. 하여간 생각해보고….

차라리 조시한테 차로 데려다달라고 하든가….
좋기도 하겠다! 그 고물차로….

이젠 걔가 너 좋아하는 거 분명하니까, 너도 뭐라고 할 수 있잖아? 가령 차를 새로 하나 뽑으라든가!
내가 언제 걔가 나 좋아한다고 그랬냐?

그거야 당근이지! "아, 이니드, 내가 이 순간을 얼마나 기다려왔는지 모르오…"
걘 그런 말 한 적 없어….

"하여 이제는 내 물건을 빨 수 있는 영광스러운 기회를 당신에게 허하는 바이오."
우엑! 시끄러!
주르르르륵

젠장. 이젠 여기도 완전히 맛이 갔다. 여기 단골들 중엔 우리가 유일하게 가장 세련된 편이었나 봐!

난 아직도 그 사탄숭배자들이 뭘 하고 지내는지 궁금해.
그 사람들이야 다시는 여기 안 오겠지. 이런 병신들만 우글거리니….

어어….
호랑이도 제 말 하면….

샬롬. 이니드 콘!
하일 히틀러!
그거 알아? 나 다음 주에 TV에 나온다!

그래?
지난번에 그 톰 기억나? 왜 그 컴퓨터로 가상 아동 포르노 만들던….
아니….
그 친구가 오하이오에서 성당 복사 애들을 여럿 데리고 '진짜' 포르노를 만들다 체포됐대. 그래서 나보고 토크쇼 나와서 그 친구를 변호해달라는 거야.

미쳤냐? 그런 데를 나가게?
어이구, 지금 나더러 왜 오프라 윈프리 님 말씀대로 딱하고 힘없는 모든 어린 애들을 '배려하지' 않느냐고 따지겠다 이거지?

아니, 거기까지 갈 필요도 없어! 그 인간쓰레기, 그냥 콱 죽여버리고 싶었으니까!
유대인 자유주의자 아가씨께서 왜 이러셔?

지랄 마! 이 병신 같은 흰둥이 새끼야!
역시 유대인들은 그렇게 매사에 불만이로구만!

유대인보다도 못한 너 같은 놈들이 세상을 말아 처먹으니까!
옳은 말씀이야! 그럼 여기 네 아리안 족 친구 도펠갱어 양도 그놈들에 포함되나?

왜 엉뚱한 애까지 들먹이고 지랄이야?
근데 무슨 프로그램에 나간다고?
「서니 서머스 쇼」

흥, 전혀 들어본 적도 없는 프로구만!
아, 그건 '프렌드십 네트워크'에서만 나오는 거거든… 화요일 저녁 열 시야!

우리 주위에 케이블 있는 사람 없나?
있기야 다 있지. 근데 프렌드십 채널은 별도 요금을 내야 돼.

근데 네가 케이블도 보고 있었다니 좀 의외다?
원래 이 건물엔 다 공짜로 나와.
어떻게 그런 말을 하고 자빠질 수 있느냐 이거죠!
댁 눈엔 내가 자빠져 있는 것 같습니까?

근데 저 친구랑은 어떻게 알았어?
진짜, 어떻게 알지?
나도 몰라!
우우우우

… 그렇죠, 제가 뭐 하러 그 애들 걱정을 해야 합니까? 그리고… 그렇죠, 그렇죠, 아, 조용히 좀 합시다, 조용히! 이 병신들아! 그렇게 걱정되면 차라리 가톨릭교회에다… 야! 이 씨…
좀 들어 봅시다!
삑삑
"척." 아동 성추행범의 친구.

생각해보니… 저 친구는 아마도 연쇄살인범이니, 기형인간이니, 총이니, 나치니 하는 데 열광할 것 같아…
그래, 맞아!
… 그 사람에 대해선 어떻게 생각하십니까?

저 친구가 내세우는 '논쟁적인' 의견들은 너무 의도적이어서, 별로 진지한 것 같지가 않아…. 그야말로 사람들 관심 끌려는 얄팍한 수작이지!
맞아! 그야말로 병신 꼴값 떠는 거지! 아마 엄마 사랑을 못 받고 컸을 거야!
쉬잇!

일단 무슨 얘기를 하는지 좀 들어보자구!

좋아요, 브레이크 밟으시고… 천천히 밟으시고… 밟으시고… 완전히 멈추세요. 좋습니다!
자, 다음은 뭐죠?
주차하고, 시동 끄고, 창문 올리고, 문 잠그고!

지금까지 내가 가르친 학생 중에 최고예요, 이니드!
그럼 듀언 선생님 보시기엔… 제가 합격할 수 있을까요?
SCHOOL
3일 속성 운전학원
운전 교습용

내가 시험관이라면 당연히 그렇겠죠!
봐요, '참 잘했어요' 표를 두 개나 줬잖아요! 3점 만점에 3점인 거예요, 이니드! 잘 했어요!

12
쿵! 우르르르!

… 그래서?
뭐가?

정말 그러고 싶어? 어차피 운전은 나 혼자 할 텐데…
좀 황당하긴 해… 아마 너희 아버지가 거기까지 운전해주시겠지? 아닌가? 그럼 나 혼자 어떻게 집까지 오지?
BEGINNER LEAGU

몰러어… 어떻게든 되겠지.
그나저나 무슨 차를 사야 할까?
8

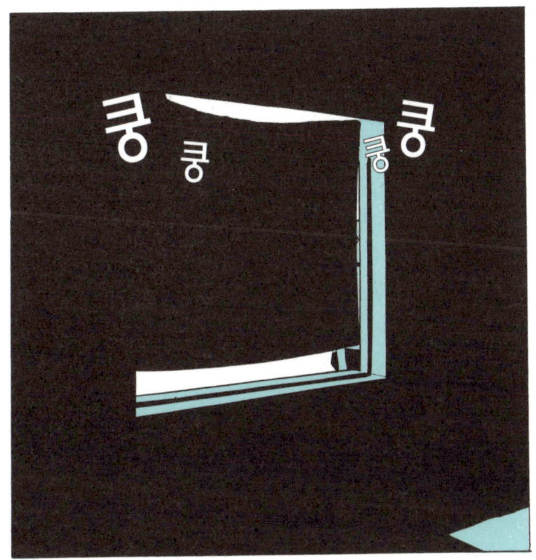

1 Plymouth 크라이슬러에서 생산한 자동차 모델.

1 Death Rock 1970년대부터 유행하기 시작한 펑크록의 한 장르로, 괴기스럽고 공포스러운 노랫말과 퍼포먼스가 특징인 음악을 말한다.

왜? 어디 가는데?
아, 별 것 아냐.
왜 화내고 그래?

아빠 말이 맞았어요. 다들 내 차를 싫어하데요….
베키는 아예 "고딕풍 똥차"라고 하질 않나….

그건 또 뭐라는 소린지 난 모르겠구나.
아, 그냥… 하여간에요….
어디 나가세요?

오늘 데이트 약속이 있어서… 누구하고인지 아니?
누군데요?

캐롤!
설마 그 캐롤이요?

안 그래도 널 되게 보고 싶어 하더라. 아마 지난 일요일에 그랬던가….

너도 기억하지? 캐롤 말이다.
아니, 도대체 무슨 생각으로 그러시는 건데요?

그나저나… 이니드한테는 뭐라고 말해야 하지?

그래, 솔직히 좀 꼬였어…. 그래도 아무 말 안 하는 것보단 차라리 낫지 않을까?
네 생각엔 걔가 진짜 떠날 것 같아?
뭐냐면, 어쨌거나 한 달 뒤에는 떠날 테니까….

내가 알기론 진짜로 떠날 거야.
정말? 나는 이니드가 그저….
이런 세상에, 난… 좀 황당하네….

넌 걔한텐 전혀 관심이 없는 줄 알았는데?
그래, 난 사실 별로… 그러니까….

정말 짜증 나 미치겠어요! 어떻게 된 게 남자들은 하나같이 나보다 걔를 더 좋아해요! 꼭 나한테 뭔가 내가 미처 모르는 어떤 '중대한 결함'이라도 있는 것처럼 말이에요!
아니, 아니, 얘…, 그렇진 않단다.

넌 어려서부터 너무 착했고, 그래서 지금껏 내가 한번도 너 땜에 속 썩은 일은 없었잖니? 난 솔직히 죽을 때까지 너랑 여기서 계속 같이 살았으면 좋겠다는 생각뿐이란다.
소… 솔직히 앞으로 뭘 할지 생각해 본 적은 없어요.

걔가 영구차 샀다는 거 내가 말했어요?
연구차?
영구차요. 장례식에 쓰는 차 말이에요.
아이구, 저런…. 누가 그랬다구?

얼른 다시 들어가서 공부해야 될 것 같아.
알았어. 난 그냥 내가 너 따라서 같이 가야 할 것 같다고 말하고 싶었어.
DONUTS

뭐 소리야? 스트라스모어까지 직접 운전해서 날 데려다주려고?
그래. 솔직히 난 너랑 거기 가서 같이 살면서, 아예 거기서 일자리도 하나 구할 생각도 했었어.

너 지금 도대체 무슨 소리 하고 있는 거야?

그럴 줄 알았어. 같이 가는 건 싫은 거지?
아니, 아니… 그냥 좀 황당해서…. 계속 혼자 살 거라고 생각했었으니까. 근데… 나도 잘 모르겠어.

자, 이제 연필들 내려놓으세요.
ST
TEST
2:

난 솔직히 이젠 어른이 다 된 이니드랑 좀 더 같이 지냈으면 했는데…. 하여간 네가 이렇게 잘 자란 데에는 나도 조금이나마 거든 게 있지 않겠니?
아, 그러게요. 하필이면 오늘 베키랑 둘이서만 여행가기로 했거든요. 시간이 좀 급해서….

이번엔 또 어디 가는 건데 그러냐?
케이브타운에요. 기억 안 나세요? 아버지가 조애니랑 결혼하고 나서 나랑 같이 셋이서 갔었잖아요.

그랬던가? 난 기억이 잘….
솔직히 나한테는 유일하게 행복한 어린 시절의 추억이었다구요!

근데 지금도 거기가 과연 옛날만큼 재미있을까?
우린 지금 공룡이 지구를 지배하던 당시의 원시시대로 시간을 거슬러 '시종여일'하게 가는 거야!
시종여일? 그것도 시험에 나오디?

됐네요!

그나저나, 스트라스모어 근처는 동네가 좀 어떻디?
거기도 끔찍하긴 만만치 않더라. 물론 우리 동네보다야 훨 낫지만…. 작년 한 해 동안 강간 사건만 무려 150건이 터졌대.

그건 또 어디서 주워들었어?
몰라. 혹시 거기서 온 카탈로그에 들어 있던 소식지에서 봤나?

봐봐! 13마일 남았어! 정말 가깝네! 왜 다들 이렇게 가까운 데로 여행을 안 다니는 걸까?
너 마크 루빈 기억 나?
CAVETOW
USA
13 MI.

어. 기억나지.
너보다 날 더 좋아했던 유일한 남자애였는데.
그래? 난 걔가 핫도그에 케첩을 '떡칠'해 먹는 거 보고 콱 쏠렸던 것밖엔 기억 안 나!

세상에! 옛날엔 이게 진짜 엄청나게 커 보였었는데!

1 1969년 찰스 맨슨의 사주로 영화 감독 로만 폴란스키의 집으로 들어가 임신 중인 그의 아내를 잔인하게 살해한 일당들. 주모자들은 종신형 등 중형을 선고받고 복역 중이며, 미국 역사상 가장 악명 높은 범죄 가운데 하나로 손꼽힌다.

하여간, 너무 신경 쓰거나
그러진 말고….
와, 저 촌티 풀풀 뉴스 진행자 봐라.
꼭 어디 철물점에서 일하다 온
사람 같잖아.

NEWS CENTER 440

아, 정말 기운 빠진다.
뭐가?

내가 없는 동안에도 이 세상은 평소와
마찬가지로 돌아가고 있으니 말이야….
최소한 나 때문에 기운 빠져
하진 말았으면 좋겠어….

솔직히 내가 너더러 따라오지 말라고 한
적은 없잖아? 난 그저 좀 황당해서 그랬던
거야. 정 오고 싶으면 와도 된다고….
그래? 정말 내가
그러길 바란다는
거야?

나?
당근이지!
그래? 근데 이번엔
내가 싫거든? 어디 가기도
싫고, 뭐 하기도 싫어.
차라리 그냥 고등학교 때처럼
가만히 앉아 있기만
하면 좋겠어.
PACO'S

내가 생각하기엔 그게 바로 문제인 것
같아…. 솔직히 난 뭔가 지금하고는
완전히 다른 사람이 되고 싶어.
그게 나랑 무슨 상관이
있다는 거야.

분명히 상관이 있지.
넌 나 같으면 깡그리 잊어버리고
말 것 같은 온갖 사소한 것들까지
기억하고 있으니까….
EKC 72

대학에 가려는 생각을 하기
전까지만 해도, 내 나름대로는 비밀
계획이 있었다고. 어느 날 갑자기,
아무도 모르게 혼자 버스 타고 아무
도시로나 가서, 지금하곤 완전히 다른
사람으로 살아가는 거야….
그러고 나서는
어쩌게?

…내가 그 새로운 사람 노릇에
익숙해질 때까지 돌아오지 않는 거지.
난 항상 그런 생각을
해왔어.
무슨 말인지
모르겠는데.

그건 네가 너 자신을
지긋지긋해 하지 않기
때문이야….

얘야, 편지 왔다.

이런….
WHAT
SEE
A MAN

내가 그랬죠? 시험에
통과할 만큼 똑똑한 건
아니라고.

팝니다

쿠키도 같이 주문했는데요?
봉지 안에 들어 있어요.
BAGEL SPACE

안녕.
어, 안녕. 요즘 통 안 보이더니….

왜 그래?
눈이 좀 이상해서 그래. 다 흐릿하게 보이고….

나 오렌지주스 큰 걸로….
솔직히 난 네가 저 사람더러 "꺼져!" 하고 싸붙일 줄 알았는데….
왜, 저 사람 제법 괜찮아. 이런, 너도 흐릿하게 보이다 말다 그러네.

어떤 아줌마가 베이글 주문해놓고 그냥 갔거든. 줄까?
됐어, 여기 베이글 별로야.
안녕, 이니드. 어떻게 지내?

어…. 안녕, 조시!
베키, 일은 다 끝난 거야?

어, 지금 퇴근하면 돼…. 나가자….

가끔 전화도 하고 좀 그래….
어, 당근이지…. 언제 그 골 때리는 신발 가게도 좀 가야지….

공용 해변
수영 금지

꼬맹이 새끼….

이봐요!

이봐요! 밥 스키츠!

아, 오랜만이네요!
저 누군지 기억하시겠어요?

아, 그럼요!
세상에, 전 그동안 어떻게 되신 줄 알았어요!

혹시 뭐가 보이나요?
아주 뚜렷한 이미지가 떠오르네요.

그럼 제 미래는 어떻게 되나요?
여자가 한 사람 보여요….

1930년대 같은데, 내 생각엔… 20대나 30대쯤이고… 아마 무슨 예술가나 학자 같아 보여요…. 똑똑하고 여유로운 여자…. 성적으로도 자유분방하고….

너무 흐릿하긴 한데… 뭔가 당신에게 말하고 싶어 해요…. 길이 하나 보이네요…. 여러 갈래로 뻗어 있고, 하나같이 음침하고 어두운 곳으로 향하는 듯한…. 여자는 망설이고 있어요….

…그래서요?
그 여자 모습이 사라졌어요. 도망치고 있어요. 잠깐만요…. 아니, 그게 다예요.

그럼 그게 도대체 무슨 뜻이에요?
전에 말했지만, 이건 그저 간단한 심령술 진단일 뿐이에요…. 좀 더 확실한 걸 알려면 점성술로 좀 더 세세하게 검사를 해봐야 돼요….

GHOST
WORLD

GHOST
WORLD

HOST
ORLD

이봐요!

이봐요!

잠깐만
기다려요!

ghost
w

너도 이젠 예쁜 아가씨가 다 됐구나.

THE END
Daniel Clowes

무모하고 무례해서 아름다운 청춘을 위한 찬가

이해준 영화감독, 시나리오 작가

뒤늦은 고해성사부터 하나 하자면 이렇다. 중학교를 졸업하고, 고등학교 진학을 눈앞에
두고 있던 겨울 어느 날. 백혈병을 앓던 친구 하나가 끝끝내 세상을 등지고 말았다.
친구의 장례식을 마치고 돌아오던 길. 남겨진 친구들은 슬퍼하는 대신 분노하고 있었다.
이유인즉슨, 죽은 친구가 그토록 좋아했던 학교의 음악 선생이 장례식에 참석하지 않았던
것이다. 괘씸했다. 우리는 복수를 하기로 했다.
우리들 중 누구의 아이디어였는지는 정확히 기억이 안 난다. 가까운 서점에서 그럴듯한
시집을 하나 골랐다. 당시 유행하던 도종환의 시집이었다. 그 다음, 표지 안쪽에 죽은
친구의 유서인 양, 음악 선생에게 보내는 애절한 마음을 거짓으로 써 넣었다. 그리고는
일말의 망설임도 없이 음악 선생의 집을 찾아갔다. 그 글을 읽은 음악 선생은 기대대로,
우리 앞에서 눈물을 펑펑 쏟으며 괴로워했다. 두근두근 뛰던 심장이 아직도 생생하다.
복수는 대성공이었다.
맞다. 지금 생각하면 정말이지, 치기 어리고 무모하고 무례하기 짝이 없던 짓거리다. 구차한
변명을 하자면, 아마도 우린 무기력한 슬픔을 인정하고 싶지 않았던 것 같다. 슬픔에 대한
방어 기제로 막연한 분노를 택한 것이리라. 추측컨대, 세상에 대한 불안과 외로움, 슬픔을
소화해 내기 위해 불평과 불만, 분노로 자신을 무장한 이니드의 모습이 나의 이 한심한
기억을 떠올리게 했는지도 모른다.

학사모를 쓰고 '퍽큐'를 날리는 이니드와 레베카의 모습으로 시작되는 『고스트 월드』의 주된 이미지는 어슬렁거림이다. 그들은 늘 무언가를 찾아다녀야만 견딜 수 있는 존재처럼 보인다. 하긴 어슬렁거리지 않으면서 어떻게 청춘을 보내겠는가. 내가 아는 청춘은 적어도 그렇다. 시시콜콜한 관심과 시시한 장난, 막연한 대화, 목적 없는 어슬렁거림만으로도 충분히 충만할 수 있는 존재들인 것이다.

『고스트 월드』는 가감 없고 기괴하고 유머러스한 수다로 가득 차 있다. 그러나 그 속에서도 드문드문, 마치 호퍼를 연상시키는 여백 같은 그림은 말과 말이 난무하는 관계 속에서 찰나로 드러나는, 뚝뚝 섬처럼 떨어져 있는 개인과 그들의 외로움을 환기한다. 그것은 많은 사람들로 북적대는 명동 한복판을 혼자 걷고 있는 어느 순간, 자기 자신과 조우하게 되는 그런 기이한 경험과 같다. 이 기이한 페이지들 속에서 한때 이니드였고 레베카였던 자신들의 청춘을 돌이켜 보는 건 분명 즐겁고 매력적인 일이 될 것이다. 그 기억들이 아무리 볼품없고 누추하더라도 나는 한없이 그것들을 지지하련다.

그것은 이런 이유에서일 수 있다. 치기 어리고, 무모하고, 무례할 수 있다는 건 적어도 자기 자신에게 솔직할 수 있다는 것. 그래서 그것은 무엇보다 건강하다는 것. 그리고 그 반짝거리는 건강함은 지켜 내기 힘들 만큼 찰나적이라는 것 때문에. 무모하고 무례한 청춘이 아름답다면, '그럼에도' 아름다운 게 아니라, 바로 '그래서' 아름다운 게 아닐까 싶다는, 그 말이다. 고스트 월드에 남아 어른이 되었거나 노먼이 기다리던 버스를 타고 고스트 월드를 오랫동안 떠나온 우리들에게 이 책은 분명 따뜻한 위안과 즐거움을 안겨줄 거라 믿는다.

글 그림 | **대니얼 클로즈 Daniel Clowes**

1961년 시카고에서 태어난 대니얼 클로즈는 프랫 인스티튜트에서 일러스트레이션을 공부했다. 1985년 엉뚱한 형사물 '로이드 르웰린' 시리즈로 본격적인 활동을 시작했고, 1989년 개인지 형식의 만화 잡지 《에이트볼(Eightball)》을 창간하면서 주목받는 인디 만화가로 자리매김하게 된다.

클로즈는 대중문화의 코드와 키치적 요소들, 엉뚱하고 발칙한 유머를 바탕으로 미국 현대 사회의 단면과 우울하고 비극적인 인간 내면을 그려내, 로버트 크럼, 아트 슈피겔만에 이어 미국 언더그라운드 만화의 2세대를 이끄는 주요 작가로 꼽힌다.

「고스트 월드」는 사십 대 남자 작가의 작품이라고는 믿기 어려울 만큼 십 대 소녀들의 불안과 우울을 예리한 시각으로 포착해, 언론으로부터 '소녀판 「호밀밭의 파수꾼」'이라는 찬사를 받은 걸작이다. 이밖에도 미국 전역의 예술 학교 학생들의 교본이 된 히트작 「아트 스쿨 컨피덴셜」을 비롯해 「데이비드 보링」, 「아이스헤이번」, 「윌슨」 등 많은 작품을 출간했다. 「고스트 월드」는 2000년, 「아트 스쿨 컨피덴셜」은 2006년에, 두 편 모두 클로즈의 각색과 테리 즈와이고프 감독의 연출로 영화화되었다.

옮긴이 | **박중서**

도서 기획자 및 전문 번역가로 활동하고 있다. 그래픽 노블 번역서로 「고스트 월드」, 「아이스헤이번」, 「지미 코리건」, 「배트맨: 허쉬」, 「배트맨: 킬링 조크」, 「배트맨: 롱 할로윈」, 「배트맨: 아캄 어사일럼」, 「배트맨: 다크 빅토리」, 「아스테리오스 폴립」, 「에씩스 카운티」가 있다.

고스트 월드

1판 1쇄 펴냄 2007년 7월 6일
1판 7쇄 펴냄 2019년 9월 30일

지은이 대니얼 클로즈
옮긴이 박중서
펴낸이 박상준
펴낸곳 세미콜론

출판등록 1997.3.24. (제16-1444호)
06027 서울특별시 강남구 도산대로1길 62
대표전화 515-2000 팩시밀리 515-2007
편집부 517-4263 팩시밀리 514-2329

한국어판ⓒ(주)사이언스북스, 2007. Printed in Seoul, Korea

ISBN 978-89-8371-367-4 03840

세미콜론은 이미지 시대를 열어 가는 (주)사이언스북스의 브랜드입니다.

www.semicolon.co.kr